作家出版社建社70周年 珍本文库

1953 — 2023

作家出版社建社70周年珍本文库

策划 / 鲍 坚 张亚丽

终审 / 颜 慧 王 松 胡 军 方 文

监印 / 扈文建

统筹 / 姬小琴

出 版 说 明

　　1953年，作家出版社在祖国蒸蒸日上的新气象中成立，至今谱写了70年华彩乐章。时代风起云涌间，中国文学名家力作迭出，流派异彩纷呈，取得的成绩令世人瞩目。作为中国出版事业的中坚力量，作家出版社在经典文学出版、作家队伍建设、文学风气引领等方面成就卓著，用一部部厚重扎实的作品，夯实了新中国文学的根基。为庆祝作家出版社成立70周年，向老一代经典作家致敬，向伟大的文学时代致敬，我们启动"作家出版社建社70周年珍本文库"文学工程，选取部分建社初期作家出版社首次出版的作品重装出版，彰显中国风格、中国气派和文学价值观上的人民立场，共同见证新中国文学事业的勃发和生机。相信这套文库的文学价值和社会意义，将随着时间的推移而日益显示出来。需要说明的是，由于一些原因，未能尽数收录建社初期所有重要作品，我们心存遗憾。衷心感谢中国作家协会、各位作家及作家亲属给予本文库的大力支持。

作家出版社

内容简介:

臧克家诗歌精选集,收录了1932年至1953年间作者创作的诗歌作品三十余篇。所辑诗歌既有抒情短诗,也有叙事体长诗,充分体现了作者对社会现实的关注和对人性的关怀。诗歌以贴近现实的笔触反映了人民的苦难生活,具有强烈的时代风格,也向读者展示了朴素、铿锵的诗歌语言魅力。

臧克家

（1905—2004）

中国现当代著名诗人、作家、编辑家。山东诸城人。山东大学中文系毕业。曾任中国作家协会书记处书记、《诗刊》主编、中国诗歌学会会长等职。1933年出版第一本诗集《烙印》，广受好评，次年又出版诗集《罪恶的黑手》，从此蜚声文坛。代表作有《老马》《有的人——纪念鲁迅有感》《老黄牛》《说和做——记闻一多先生言行片段》等。

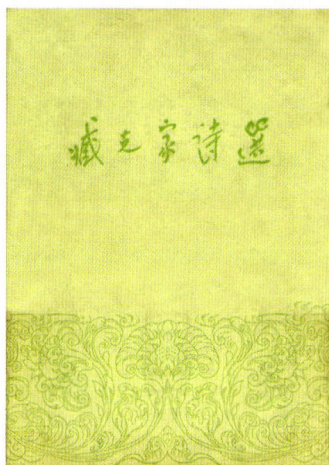

作家出版社 首版封面

《臧克家诗选》

臧克家 著

作家出版社1954年1月

臧克家诗选

臧克家 ○ 著

作家出版社

图书在版编目（CIP）数据

臧克家诗选 / 臧克家著 . -- 北京：作家出版社，
2023.10

（作家出版社建社 70 周年珍本文库）

ISBN 978 - 7 - 5212 - 2464 - 1

Ⅰ . ①臧… Ⅱ . ①臧… Ⅲ . ①诗集 - 中国 - 当代

Ⅳ . ①I227

中国国家版本馆 CIP 数据核字（2023）第 156731 号

臧克家诗选

策　　划：鲍　坚　张亚丽
统　　筹：姬小琴
作　　者：臧克家
责任编辑：邢宝丹
装帧设计：棱角视觉
出版发行：作家出版社有限公司
社　　址：北京农展馆南里 10 号　　　邮　　编：100125
电话传真：86 - 10 - 65067186（发行中心及邮购部）
　　　　　86 - 10 - 65004079（总编室）
E - mail: zuojia@zuojia.net.cn
http://www.zuojiachubanshe.com
印　　刷：北京盛通印刷股份有限公司
成品尺寸：142×210
字　　数：46 千
印　　张：3.625
版　　次：2023 年 10 月第 1 版
印　　次：2023 年 10 月第 1 次印刷
ISBN 978 - 7 - 5212 - 2464 - 1
定　　价：50.00 元

目录

难民

日头坠在鸟巢里，

黄昏还没溶尽归鸦的翅膀，

陌生的道路，无归宿的薄暮，

把这群人度到这座古镇上。

沉重的身影，扎根在大街两旁，

一簇一簇，像秋郊的禾堆一样，

静静地，孤独地，支撑着一个大的凄凉。

满染征尘的破烂的服装，

告诉了他们的来历，

一张一张兜着阴影的脸皮，

说尽了他们的情况。

螺丝的炊烟牵动着一串亲热的眼光，

在这群人心上抽出了一个不忍的想象：

"这时候，黄昏正徘徊在古树梢头，

从无烟火的屋顶慢慢地涨大到无边，

接着，阴森的凄凉吞没了可怜的故乡。"

强力的疲倦，连人和想象一齐推入了朦胧，

但是，更猛烈的饥饿立刻又把他们牵回了异乡。

像一个魔鬼从梦里落到这群人身旁，

一条灰色的影子，手里亮着一支长枪。

一个小声，在他们耳中开出个天大的响：

"年头不对，不敢留生人在镇上。"

"唉，人到哪里，灾荒到哪里！"

一阵叹息，黄昏更加苍茫。

一步一步，这群人走过了大街，

离开了这异乡，

小孩子的哭声乱了大人的心肠，

铁门的响声截断了最后一人的脚步，

这时，黄昏爬过了古镇的围墙。

1932 年 2 月于山东诸城

天火

你把人生夸得那样美丽，
像才从柯上摘下来的，
在上面驰骋你灵幻的光，
画上了一个一个梦想。

这你也可以说是不懂，
浓云把闷气写在天空，
蜻蜓成群飞，带着无聊，
那是一个什么征兆。

一个少女换不到一顿饭吃，
人肉和猪肉一样上了市，
这事实真惊人，又新鲜，

你只管闭上眼说没看见。

我知道你什么都透熟，
为了什么才装作糊涂，
把事实盖上只手，
你对人说："什么也没有。"

人们有一点守不住安静，
你把他砍头再加个罪名，
这意义谁都看清，
你要从死灰里逼出火星。

不过，到了那时你得去死，
宇宙已经不是你的，
那时火花在平原上灼，
你当惊叹："奇怪的天火！"

1932 年

不久有那么一天

不要管现在是怎么样，等着看，

不久有那么一天，

宇宙扪一下脸，来一个奇怪的变！

天空耀着一片白光，

黑暗吓得没处躲藏，

人，长上翅膀，带着梦飞，

赛过白鸽翻着清风，

到处响着浑圆的和平。

丑恶失了形，

美丽慌张着找不到自己的影。

不过，现在你只管笑我愚，

就像笑这样一个疯子，

他说："太阳是从西天出，

黄河的水是清的。"

这话于今叫我拿什么证实？
阴天的地上原找不到影子，
但请你注意一件事：
暗夜的长翼底下，
伏着一个光亮的晨曦。

1932 年

老马

总得叫大车装个够，
它横竖不说一句话，
背上的压力往肉里扣，
它把头沉重地垂下！

这刻不知道下刻的命，
它有泪只往心里咽，
眼里飘来一道鞭影，
它抬起头来望望前面。

1932 年 4 月

老哥哥

"老哥哥，翻些破衣裳干吗，

快把它堆到炕角里去好了。"

"小孩子，不要闹，时候已经不早了！"

（你不见日头快给西山接去了？）

"老哥哥，昨天晚上你不是应许

今天说个更好的故事吗？"

"小孩子，这时候你还叫我说什么呢？"

（这时候你叫他从哪儿说起？）

"老哥哥，你这霎对我好，

大了我赚钱养你的老。"

"小孩子，你爸爸小时也曾经这样说了。"

（现在赶他走不算错，小时的话哪能当真呢。）

"老哥哥，没听说你有亲人，

你也有一个家吗？"

"小孩子，你这儿不是我的家呀！"

（你问他的家有什么意思？）

"老哥哥，你刚到俺家时，我爸爸不是和我这时一样高？"

"小孩子，你问些这个干什么？"

（过去的还提它干什么？）

"老哥哥，你为什么不和以前一样好好哄我玩了？"

"小孩子，是谁不和以前一样了？"

（这，你该去问问你的爸爸。）

"老哥哥，傍落日头了，牛饿得叫，你快去喂它把草。"

"小孩子，你放心，牛不会饿死的呀！"

（能喂牛的人不多得很吗？）

"老哥哥，快不收拾吧，你瞧屋里全黑了，快些去把大门关好。"

"小孩子，不要催，我就收拾好了。"

（他走了，你再叫别人把大门关好。）

"老哥哥呀，你……你怎么背着东西走了？我去和我爸爸说。"

"小孩子，不要跑，你爸爸最先知道。"

（叫他走了吧，他已经老得没用了！）

1932 年 3 月

当炉女

去年，什么都是他一手担当，
喉咙里，痰呼呼地响，
应和着手里的风箱，
她坐在门槛上守着安详，
小儿在怀里，大儿在腿上，
她眼睛里笑出了感谢的灵光。

今年，她亲手拉风箱，
白绒绳拖在散乱的发上，
大儿捧住水瓢踱躞着分忙，
小儿在地上打转，哭得发了狂，
她眼盯住他，手却不停放，
果敢地咬住牙根："什么都由我承当！"

1932 年 8 月

洋车夫

一片风啸湍激在林梢，
雨从他鼻尖上大起来了，
车上一盏可怜的小灯，
照不破四周的黑影。

他的心是个古怪的谜，
这样的风雨全不在意，
呆着像一只水淋鸡，
夜深了，还等什么呢？

1932 年

渔翁

一张古老的帆篷，

来去全凭着风，

大的海，一片荒凉，

到处漂泊，到处是家。

老练的手，

不怕风涛大，

船头在浪头上，

冲起朵朵白花。

夕阳里载一船云霞，

静波上把冷梦泊下，

三月里披一身烟雨，

腊月天飘一蓑衣雪花。

一支橹，曳一道水纹，

驶入深色的黄昏，

在清冷的一弦星光上，

拨出一串寂寞的歌。

听不尽的涛声，

一阵大，一阵小——

饥困的吼叫，冷落的叹息，

飘满海夜了。

死沉沉的海上

亮着一点火，

那就是我的信号，

启示的不是神秘，是凄凉。

1932 年 3 月

神女

练就一双轻快的脚，
风一般地往来周旋，
细的香风飘在衣角，
地衣上的花朵开满了爱恋。
（她从没说过一次疲倦。）

她会用巧妙的话头
敲出客人苦涩的欢喜，
她更会用无声的眼波，
给人的心涂上甜蜜。
（她从没吐过一次心迹。）

红色绿色的酒，

开一朵春花在她脸上，

肉的香气比酒还醉人，

她的青春火一般的狂旺。

（青春跑得多快，她没暇去想。）

她的喉咙最适合歌唱，

一声一声打得你心响，

欢情，悲调，什么都会唱，

只管说出你的愿望。

（她自己的歌从来不唱。）

她独自支持着一个孤夜，

灯光照着四壁幽怅，

记忆从头一齐亮起，

长嘘一口气，她把双眼合上。

（这时，宇宙间只有她自己。）

1933 年元旦

歇午工

放下了工作，

什么都放下了，

他们要睡——

睡着了，

铺一面大地，

盖一身太阳，

头枕着一条疏淡的树荫，

这个的手搭上了那个的胸膛。

一根汗毛

挑一颗轻盈的汗珠，

汗珠里亮着坦荡的舒服。

阳光下，铁色的皮肤上

开一大片白花，

粗暴的鼾声

扣着呼吸的匀和。

沉睡的铁翅盖上了他们的心,

连个轻梦也不许傍近,

等他们静静地

睡过这困人的正晌,

爬起来,抖一下,

涌一身新的力量。

1933 年 6 月

罪恶的黑手

一

在这都市的道旁，
划出一块大的空场，
在这空场的中心，
正在建一座大的教堂。

交横的木架比蛛网还密，
像用骷髅架起的天梯，
一万只手，几千颗心灵，
从白到黑在上面搏动。
这称得起是压倒全市的一件神工，

无妨用想象先给它绘个图形：

四面高墙隔绝了人间的罪恶，

里边的空气是一片静默，

一根草，一株树，甚至树上的鸟，

只是生在圣地里也觉得骄傲。

大门顶上横一面大的十字架，

街上过路的人都走在它底下，

耶稣的圣像高高在千尺之上，

看来是这样的伟大慈祥！

他立在上帝与人世中间，

用无声的话传达主的教言：

"奴隶们，什么都应该忍受，

饿死了也要低着头，

谁给你的左腮贴上耳光，

顶好连右腮也给送上，

忍辱原是至高的美德，

连心上也不许存一丝反抗！

人间的是非肉眼哪能看清？

死过之后主自有公平的判定。"

早晨的太阳先掠过这圣像，

从贵人的高楼再落到穷汉的屋上，

黄昏后，这四周阴森得叫人害怕，

神堂的影子像个魔鬼倒在地下。

早晨的钟声像个神咒，

（这钟声不同别处的钟声。）

牵来一群杂色的人，

男女牧师们走在前面，

黑色的头巾配着长衫，

微风吹着头巾飘荡，

仿佛罪恶在光天之下飞扬。

后面逐着些漂亮男子，

肥白的脸皮上挂着油丝，

脚步轻趋着，低头交语，

用心作了一脸肃穆。

还有一队女人缀在后边，

脂粉的香气散满了庭院，

一个用长臂挽着别个，

像一个花圈套一个花圈。

阳光像是主的爱，照着这群人，

也照着他们脚下的石阶，

钟声一阵暴雨的急响，

送他们进了神圣的教堂。

有的是刚放下了屠刀，

手上还留着血的腥臭；

有的是因为失掉了爱情，

来到这儿求些安宁；

有的在现世享福还嫌不够，

为来世的荣华到此苦修；

有的是宇宙伤了他多情的心，

来对着耶稣慰藉心神；

有的用过来眼看破了人生，

来求心上刹那的真诚；

有的不是来为了求恕，

不过为追逐一个少女。

虽是这些心的颜色全然异样，

然而他们统统跪下了，朝着上方。

牧师登在台上像威权临着群众，

用灵巧的嘴，

用灵巧的手势，

讲着教义像讲着真理。

他叫人好好管束自己，

不要叫心作了叛逆，

他怕这空说没有力量，

又引了成套惩劝的旧例。

每次饭碗还没触着口，

感谢的歌声先颤在咽喉，

每夜晚在上床之前，

先用祈祷来作个检点，

这功课在各人心上刻了板，

他们做来却无限新鲜。

二

然而这一切，一切未来的繁华，

与脸前这一群工人无干，

他们在一条辛苦的铁鞭下，

只忙着去赶契约上的期限。

有的在几千尺之上投下只黑影，

冒着可怕的一低头的晕眩，

石灰的白雾迷了人形，

泥巴给人涂一身黑点，

铁锤下的火花向人扫射，

风挟着木屑直往鼻眼里钻。

这里终天奏着狂暴的音乐：

人的叫喊，起重机的轧轧，

你听，这是多么高亢的歌！

大锯在木桩上奏着提琴，

节奏的铁砧叩着拍子，

这群工人在这极度的狂乐里，

活动着，手应着心，也极度地兴奋。

有的把巧思运入一方石条的花纹，

有的持一块木片仔细地端详，

有的把手底的砖块飞上半空，

有的用罪恶的黑手捏成耶稣慈悲的模样！

这群人从早晨背起太阳，

一天的汗雨泄尽了力量；

平地上，万盏灯火闪着黄昏，

灯光下喘息着累倒了的心。

他们用土语放浪地调笑，

杂一些诙谐来解疲劳，

各人口中吐一缕长烟，

烟丝中杂着深味的乡谈，

那是家乡场园上用来消度夏夜的，

永不嫌俗，一遍两遍，不怕一万遍，

于今在都市中他们也谈起来了，

谈起也想起了各人的家园。

这大建筑把他们从天边拉在一起，

陌生的全变成亲热的兄弟，

白天忙碌紧据在各人的心中，

没有闲暇去作思乡的梦，

黑夜的沉睡如同快活的死，

早晨醒来个奴隶的身子。

是什么造化，谁作的主，

生下他们来为了吃苦？

太阳的烤炙，风雨的浸淋，

铁色的身上生起片片黑云，

钢铁的沉重，石块的压轧，

谁的体躯是金钢铸成？

家室的累赘，病魔的侵袭，

苦涩中模糊了无色的四季，

一阵头晕，或一点不小心，

坠下半空成一摊肉泥，

这真算不了什么稀奇，

生死文书上勾去个名字！

三

不过天下的事谁敢保定准？

今日的叛逆也许是昨日的忠心，

谁料定大海上那霎起风暴？

万年的古井说不定也会涌起波涛！

等这群罪人饿瞎了眼睛，

认不出上帝也认不清"真理"，

用有力的手撕毁万年的积卷，

来一个伟大彻底的反叛！

那时，这教堂会变成他们的食堂或是卧室，

他们建造了它终于为了自己，

那时这儿也有歌声，

可不再是神秘，不再是耶稣的赞颂，

那是一种狂欢的声响，

太阳落到了罪人的头上。

1933 年 9 月 5 日全夜写强半，6 日完成于青岛。

村夜

太阳刚落，
大人用恐怖的故事
把孩子关进了被窝，
（那个小心正梦想着
外面朦胧的树影
和无边的明月。）
再捻小了灯，
强撑住万斤的眼皮，
把心和耳朵连起，
机警地听狗的动静。

1934 年 3 月 22 日于山东诸城相州

答客问

我才从乡村里来，

这用不到我说一句话，

你只须望一望我的脸，

或向着我的衣襟嗅一下。

我很地道地知道那里的一切，

什么都知道，

像一个孩子知道母亲一样。

你要问什么？

问清明时节纷纷细雨中

长堤上那一行烟柳的蒙蒙？

还是夕阳下，春风里，

女颊映着桃花红？

问炎夏山涧沁出的清凉，

黄昏朦胧中蝙蝠傍着古寺飞翔?

还问什么?

问秋山的秀,

秋风里秋云的舒卷,

无边大野上残照的苍凉?

我知道你要问冬夜里那八遍鸡声,

一个老妪摇着纺车守一盏昏黄的小灯。

你要问这,这我全熟悉,

可是我要告诉你的是另外一些事。

你听了不要惊惶,也无须叹气,

那显得你是多么无知。

我告诉你,乡村的庄稼人

现在正紧紧腰带挨着春深,

他们并不曾放松自家,

风里雨里把身子埋在坡下,

他们仍然撒种到大地里,

可是已不似往常撒种也撒下希望,

单就叱牛的声音,

你就可以听出一个无劲的心!

他们工作,不再是唱呕呕的高兴,

解疲劳的烟缕上也冒不出轻松，

一条身子逐着日月转，

到头来，三条肠子空着一条半！

八十老妪口中的故事，

已不再是古代的英雄而是他们自己，

她说亲眼见过捻军造反，

可是这样的年头真头一回见！

凭着五谷换不出钱来，

不是闹兵就是闹水灾，

太阳一落就来了心惊，

头侧在枕上直听到五更，

饥荒像一阵暴烈的雨滴，

打得人心抬不起头来，

头顶的天空一样是发青，

然而乡村却失掉了平静。

1934 年 3 月 22 日于山东诸城相州

生命的叫喊

高上去又跌下来，
这叫卖的呼声——
一支音标，沉浮着，
在测量这无底的五更。

深闺无眠的心，将把这
做成诗意的幽韵？
不，这是生命的叫喊，
一声一口血，喊碎了这夜心。

1934 年 4 月 5 日于山东诸城相州

运河

我立脚在这古城的一列残堞上，

打量着绀黄的你这一段腰身，

夕阳这时候来得正好，

用一万只柔手揽住了波心。

在这里，我再没法按住惊奇，

古怪的疑问绞得我心痴！

是谁的手辟开了洪蒙，

把日月星辰点亮在长空？

是怎样一个嬴姓的皇帝，

一口气吹起了万里长城？

天女拔一根金钗，

顺手画成了天河；

端阳的五丝沾了雨水，

会变一条神龙兴波，

这是天上的事，谁也不敢说，

我曾用了天上的耳朵听过。

怪的是，杨广一个泥土的人，

怎会神心一闪，

闪出了

这人间的一道天河！

你告诉我，当年多少苦力

给一道命运捆在了一起，

放着镰刀在家里锈住了白光，

无边的乱草遮住了田地，

寒天里妻子没处寄征衣，

一个家分挂在天的两极，

孩提学话只喔哦着妈妈，

人间成了个无父的天地！

天上的鸟鹊一年忙一个七夕，

这地上的工程是没头的日子！

晴天里铁锹闪起了电火，

一串殷雷爆响在心窝。

硬铁磨薄了手掌，

磨白了头发，

磨亮了眼睛

也望不到家。

累死了的，随着土雨填入了大堤，

活着的，夜夜梦见土坑陷落三尺！

毒恨的眼泪，两地的哀号，

终于掀起了万里波涛，

波涛老是挟着浊黄，

是当年的冤愤至今未消？

两道大堤使你晃不开双肩，

星星也没法测你的深浅。

像一条吟龙

窜过了两个世界，

头枕着江南四季的芳春，

尾摆着燕地冰天的风云。

听说你载着乾隆下过江南，

一阵小雨留下了不死的流传，

你看背后夕阳的颜色正红，

贴在"沙邱古渡"的歇马亭¹。

我知道，人间的苏杭，

你驮过红心的天子曾去沉醉，

仿佛八骏驮着古帝王

去西天的瑶池会王母一样。

南国的荔枝带着绿叶，

一阵轻风吹到了宫掖，

得宠的御女满口香甜，

谁说天涯不就在眼前！

江干的玉女流入了宫廷，

四面红墙已非人境，

竭尽了海内所有的珍奇，

装成一个花枝的身子。

你也载过"将军"们去从事野心的战争，

枪刀耀得河水发明，

回头来，连船虽然减少了长度，

然而船面上却添了凯旋的歌声！

我想，如果你也有一张口，

---

1. 乾隆下江南，避雨于此。

肚子里的话会绷断喉头，

城圈揽住你

又放开你，

这一里一外的岁月

谁能计算清？

捻军大杀水旱十三门

清兵的头在河里滚，

黄土冢下的草色至今还发红。

一道城垣向三十里外展开，

于今，只留些残破给夕阳徘徊，

河岸上见不到诗人的遗迹，

有一座荒碑告诉他的故里[1]。

你的呼吸把一切吹空，

你却健在着做一切的证明。

我眼前河面上桅杆一林，

破帆上带着风雨，带着惊心，

我常见一条绳索

串着岸上的一个人群，

---

1. 河东岸有"谢茂秦故里"石碑，谢茂秦名榛，是明朝诗人。

一齐向后蹬开岸崖，

口里挤出来声声欸乃，

一声欸乃落一千滴汗，

船身似乎不愿意动弹，

一个肉肩抵一支篙，像在决负胜，

船载多重，生活的分量多重！

黑夜里空中失没了星斗，

一点灯火牵着船走，

黄昏的雨，凉宵的风，

风雨也阻不住预定的途程，

来往的风帆这样飘着日夜，

我看见舟子的脸上老拨不开愁容！

运河，你这个一身风霜的老人，

盛衰在你眼底像一阵风，

你知道天阴，知道天晴，

统治者的淫威，

奴隶的辛苦，你更是分明，

在这黄昏侵临的时候，

立在这废堞上

容我问你一句，

我问你：

明天早晨是哪向的风？

1935 年 1 月 31 日于山东临清

刑场

背起一道古城墙，
做面阴暗的屏障，
脸前安排好一行衰柳
去挂住夕阳。

横列的坟丛，
簪一身草黄，
亲近得像弟兄，
彼此挽着胳膊。

过清明，过中元，
坟前不见一片纸钱，
不会有人来此凭吊，

朝夕鸦阵扇黑了天。

黑夜落下柳岸的寒塘，
萤火引群鬼去话凄凉，
一肚子逆气永不消散，
破嗓齐喊"再过二十年！"

1937 年 1 月 15 日于山东临清

年关雪

雪给青麦
盖厚被一身，
把丰年的证帖写给了农民，
雪，迷了蛛网似的路线，
他乡的客子叹起行路难。

雪，压弱了穷人屋顶的炊烟，
撒一道拦门的白灰 [1]，
放愁债人一丝心宽；
门前踏乱了要账人的脚印，
雪也锁不紧要命的年关。

1937 年 1 月 27 日于山东临清

_____

1. 流俗以拦门灰可以挡鬼。

兵车向前方开

耕破黑夜，

又驰去白日，

赴敌千里外，

挟一天风沙，

兵车向前方开。

兵车向前方开。

炮口在笑，

壮士在高歌，

风萧萧，

鬓影在风里飘。

1938 年 4 月 23 日赴汉口车中

鞭子

毛驴子的铁鞋
已经磨光，
背上压着的布袋
一步比一步有分量！
主人打着赤脚，
不放松地紧赶，
仿佛他的"主人"
在身后，
手里持着同样的皮鞭。

1942 年

三代

孩子

在土里洗澡；

爸爸

在土里流汗；

爷爷

在土里葬埋。

1942 年

黄金

提防着黑夜，
农民在亮光光的场子上
做着黄金梦，
梦醒了，
他又把粒粒黄金
去送给了别人。

1942 年

他回来了

哥哥请假回来看家，
家里的亲人
放下了那条悬挂的心，
自从出了门
没有消息回来，
今天，他的身子
是几年来寄到的
第一封"家信"
他的口——
一条小河
淙淙地流，
母亲坐在纺花车旁
像坐在梦中，

弟弟刚从坡下抽回身，

锄头躺在怀里，

大家静听着他，

像静听别人

替自己读一封"家信"。

小孩子

在大人空隙里穿梭，

欢喜而又畏怯地

用一只好奇的小手

向爸爸腰间的短枪偷摸，

他的女人

脸上烧着火，

在别人不留意的时候，

在他的周身溜眼波。

1942 年

家书

一个陌生的客人
来叩门，
惹得鸡叫狗咬
一大阵，
邮差背着他的绿包
走了，
他投下了
一封远方来的信。
信皮上写着
寄自什么地方，
他们认不得，
信瓤里写着些什么话，
他们认不得，

掐捻着手指

数算他投军的年月，

紧紧地把握着信，

像把握着一个灵魂。

最后，男主人拿着信，

后边缀着老婆孩子一大群，

他们连跑带嚷地

去找"王大先生"，

他是这庄里的一个"圣人"。

1942 年

春鸟

当我带着梦里的心跳，

睁大发狂的眼睛，

把黎明叫到了我的窗纸上——

你真理一样的歌声。

我吐一口长气，

拊一下心胸，

从床上的噩梦

走进了地上的噩梦。

歌声，

像煞黑天上的星星，

越听越灿烂，

像若干只女神的手

一齐按着生命的键。

美妙的音流

从绿树的云间，

从蓝天的海上，

汇成了活泼自由的一潭。

是应该放开嗓子

歌唱自己的季节，

歌声的警钟

把宇宙

从冬眠的床上叫醒，

寒冷被踏死了，

到处是东风的脚踪。

你的口

歌向青山，

青山添了媚眼；

你的口

歌向流水，

流水野孩子一般；

你的口

歌向草木，

草木开出了青春的花朵；

你的口

歌向大地，

大地的身子应声酥软；

蛰虫听到你的歌声，

揭开土被

到太阳底下去爬行；

人类听到你的歌声

活力冲涌得仿佛新生；

而我，有着同样早醒的一颗诗心，

也是同样的不惯寒冷，

我也有一串生命的歌，

我想唱，像你一样，

但是，我的喉头上锁着链子，

我的嗓子在痛苦地发痒。

1942 年 5 月 22 日晨万鸟声中，写于河南叶县寺庄。

第一朵悲惨的花

——吊屈原

屈原——

第一朵悲惨的花

开在诗国的田园。

权威者的耳朵

从来就软，

谗谄的风

没定向地吹；

忠言打进去

比钉子打进石头里去

更难！

权威者的眼睛

专找逢迎的脸，

今天，他高了兴

你便得宠；

明天打下去，

那算你犯了灾星。

你觉得天大的了不起，

他随便一句话就把你决定，

他听得太多，

他看得太多，

哪有那份闲情

去分辨是非和奸忠。

当宠爱的光

照临着你，

你的手

可以发号施令，

叫抱负

开出现实的花，

叫事业

说出忠贞的话；

当谗言

攻破了易变的君心，

当怀疑

顶替了信任，

你便被挤下了政治舞台，

（别人在扮演一场糊涂戏，

你在一旁作个清醒的观众。）

挤到江边去——

去枯槁，

去憔悴，

去呻吟；

吟出你的哀怨，愁苦，悲愤，

和耿耿的赤心！

你一条心

想佩起芬芳的香草

（香草，象征你的人品。）

到瑶池去会美人，

（你理想的化身。）

叫风云雷霆

呵护着车轮；

一条心

系在朝廷，

挂着你又爱又恨的怀王，

和千千万万楚国的子民。

你清楚，

在人心的天平上

重轻倒颠，

你知道，

在社会的眼中

黑白淆乱，

你看见，

凤凰折了翅膀，

鸡惊飞上了天。

你清楚，

你知道，

你看见，

你却不能用一只手

把它翻转！

把不住自己的命运，

你带着疑问去请教詹尹：

"尺有所短，

寸有所长。"

龟蓍回答你

一个绝望！

宇宙这么宽阔，

却容不下你一条身子，

人生这么深远，

思想却没处安放，

只得紧抱着贞洁，

去追踪彭咸，

带一颗眷恋的心

跳下汨罗江！

生命就是这样：

不能去碰死僵冷的社会，

就得碰死在它的身上。

汨罗江水

为诗人流了

两千年的清泪，

到今天，上官令尹

依然在人间充沛！

1942 年

无名的小星

我不幻想

头顶上落下一顶月桂冠，

我只希望自己的诗句

像一阵风，吹上大众的心尖。

你知道，

我是一个野孩子来自乡间，

染着季候色彩的大野

就是我生命的摇篮。

为了生活的压榨

我陪同农民叹气，

命运翻身的日子，

我也分得一份喜欢。

他们手下的锄头

使用得那么熟练，

顺手一拖，闪出禾苗，

把一丛丛绿草放倒在一边。

工人的神斧

也叫我惊奇，

一起一落

迎合着心的标尺。

时代巍峨在我的眼前，

面对着它，我握紧了笔，

我真是一个笨伯，

怕人喊作"灵魂的工程师"。

我愿意作一颗无名的小星，

默默地点亮在天空，

把一天浓重的夜色

一步步引向黎明。

1942 年

六机匠

你那两间茅草小屋，

同你弟兄们的雁字儿连起，

屋顶上的草，像主人的生活：乌黑，枯朽，

门是命运的框子，使人出入向它低头。

一个院子，三面矮墙，

青草挑在墙头上，

大门口张开了田野的空旷，

大门口，没有大门，

好让马耳山随意照过来苦寒的青光。

二十年前，你是二十岁的一个机匠，

屁股把坐板磨得崭亮，

你的心指挥着手脚，

一双眼睛紧跟起窜跳的梭，

你把白天的日光，深夜的灯光，

把长长的年月，不断头的酸辛，

一缕一缕地织入了布纹。

哒哒的机声响出来诗的音韵，

我，一个孩子，听不出生活的意义，

也听不懂，机声断了的当儿那一声叹息。

梆硬的炕头上坐着七十岁的老娘，

纺花车在她手下嗡嗡地响，

棉花绒飞起银花花的雪片，

落在墙角的蛛网上，落在黝黑的墙上，落在人身上，

可是，当它落到她头上的时候，便失去了它的光亮。

你那小小的庭院，便是我们孩子的天堂，

年年春三月，有一树桃花

开出你的西墙，我觉得，世界上

没有一个地方，有比你这里更可爱的春光。

夏天的黄昏也唯有你这儿的最好：

蚊子在檐前布阵，蛛网挂在墙角，

星星越看越多，蝙蝠从头顶飞过，

白色的葫芦花，一朵又一朵，

招来了长嘴的古绿哥 [1]。

几个人坐一领簸衣，

听你的巧嘴讲故事：

有心跳的征战；可笑的滑稽；

我的心，常随着英雄手里的一支镖

投到半空里去，三天三夜不得着地。

鬼仙的恋情，总是悲剧收场，

我也没有一次，不为她们

堕入深深的怅惘！

你的口水顺着烟嘴淌，

故事的情味比烟丝更长，

你的"瞎话"篓子永远倒不完。

五天一个"集"，说书场上你从不吝惜几个铜板。

我们没有表计算时间，

只看见，院子里飘满白雾，天上的星花更灿烂，

你瞌睡了，一天的劳累

压上了双眼，我们用手扒开它们，

想把你的睡意放逐，

---

1. 古绿哥是北方夏夜常见的一种灰色飞蛾，喜吸吮葫芦花蕊的蜜汁。

奇怪一个人为什么要疲倦！

冬天的阳光下我看你"牵机"，

把大扎子线牵来又牵去，

你腚沟里长出条粗的尾巴，

平地上刷出来一道瀑布。

夜夜忙着织布，天天忙着"牵机"，

三九天，你吊一条灯笼裤子，

冷风一吹，它便响动着要把你浮起，

红鼻头上挂一点摇摇欲坠的青鼻涕。

几年过去了，你失去了老娘，

也失去了那张织布机，

你织的老土布已经不行时，

白洋布霸占了市场，好看又便宜。

你有了一张锄，你有了一头牛，

顶着你的西墙多出了半间牛的房子。

多少个春天的好日子，我跟着你，

老远老远地下西河，去耕那一块可怜的土地；

夏天，你在高粱地里流汗，

我浸在清清的河水里，

晌午，栗子行里沙滩上躺着打鼾，

有凉荫撑伞，有风摇轻扇，有蝉声催眠，

太阳爬到了脸上，睁开半个眼，把身子一翻，

擦一把横流的口水和额上的薄汗。

我们踏着黄昏的小路归来，

锄杆上打着簑衣，挂一个小"牛眼罐"，

我提心吊胆地往家跑，带着怅惘和依恋，

听到你开了锁，吱呦推开了关住寂寞的门扇，

这时候，这时候，新月已在窥你的茅檐。

大门前一块小小的菜园，

半边栽葱，半边种烟，

五个畦子，五个弟兄，

不用问哪一份属你，一眼就可以分辨。

顺手拔一棵大葱，咀嚼着，又辣又香真解馋，

辣得心痛，辣得眼里淌泪，口里流涎——

当东风把纸鸢飞满了天，

当快乐随着手里的线越放越远，

当麦浪波动着碧绿的柔波，

当欢呼把整个的郊野填满。

呵，你西墙外场园上，

有多么富丽，多么丰实的一个秋天！

吱呦呦小车子响，驴呱呱地叫，

狗子跟着牛驴跑，

四面八方的路上洋溢着收成的欢喜，生的活跃。

大豆，高粱，闪耀着灿烂的夕阳，

木锨一扬，半空里落下来

黄的金粒，红的宝石，

男女老幼一齐在场园上忙，

人人一身风尘，脸上却闪光，

隔一堵墙，也可以听到孩子的哭声，

大人的忙乱，尖鞭的脆响；

隔一堵墙，也可以闻到

高粱叶，豆秸秆的芳香；

隔一堵墙，也可以看到

扬场的尘土扑个满庄。

太阳落了，天空换上了星星和月亮，

地上的灯光，照着人笑也照着人忙。

你的辛苦也结了果，多半的粮食上了"租粒"，

剩下一点点对付着肚皮，

靠着那株桃树，居然也有了一个小草垛，

它给你一点温暖，使你的屋顶上

也按时冒烟，告诉着："我也在生活！"

你正当三十多岁，年富力强，

只有一点点土地给你敷衍着四季，

有力却没有用它的地方！

当歉年饿疯了穷人，

他们一窝蜂飞到富户去抢粮，

有的腰里别上支"盒子"

加入了土匪帮；

你却守着冷炕头和个饿肚子，一动也不动，

你勤苦，正派，老成：

"饿死了不下腰，

冻死了也要迎着风！"[1]

你的四壁上贴满了小糢画[2]，

画着"招财童子"，"财神进门"，

画着摇钱树，聚宝盆，

画一个打鱼的沈万三，

---

1. 乡谚："冻死迎风站，饿死不下腰。""下"——弯。
2. 通俗小年画。

一网打到了万两黄金。

你常说"吉人自有天相，勤俭是黄金本"；

但为什么，为什么上天从没睁开过眼睛

看顾一下你要命的贫困？

你也说过，画上的仙女

夜里走下来私恋凡人；

可是，为什么，为什么四壁黄金

不曾走下来过一次，

走下来救济一个像你这样的好人？

过了几年，你又失去了

你的黄牛和那二亩田地，

可是你不能失去生活，

你又换了一个新的头衔："酒房掌柜的"。

喊着打酒的声音断断续续，

手里擎一把小黑瓷壶，

人头长在墙头上，

靠窗户的墙头给磨得光秃。

"酒房"里总是满满的，

闲人，孩子和酒徒，

闲人来消磨他们的时间，

来播古搬今，来用最放肆的语言

给耳朵和嘴开一开荤；

孩子们来开聪明孔，来听故事，来学着打诨，

来看丑态百出的醉汉们，

鼻孔里说话，口里酒气乱喷，

酒力淹没了虚伪和理性，

恢复了他们的童骏和天真。

你也间或"嘘"几盅，

几盅酒就在你脸上烧起红云，

你的酒一火到底，

你的酒和你的人一样清纯。

"上城背酒，走到河里掺了多少水？"

别人故意逗你开心，

你便脸红脖子粗，顿脚赌血咒：

"掺一滴水的叫他断子绝孙！"

秋雨一淋几十天，

破败的冬瓜架下蟋蟀在叫，

西风把天地吹变了颜色，

也吹老了你墙头上的草。

在这最凄凉的秋天，

你的小屋里最温暖，

雨把人诱引了来，

一会儿，门响了，脚一顿，

簑衣抖下了一地雨点。

你的屋成了个小小的赌窟，

炕上一"棚"，是大人，

孩子们，也在地上用一副"记叶子牌"磨指头，过赌瘾。

四只手擎着四把牌，

眼光和心血全灌注在上面，

看"外包"的围了一大圈，

替别人的命运担心，

脸色随着牌叶子变。

人体的气息，呼吸的气息，烟草的气息，

再加上琐碎的嘈杂，突然的哄笑，

酿成一团温馨——

呵，那么一种醉人的气氛！

夜里，两盏小煤油灯底下

四个人在赌他们的命运，

风，鼓动着窗纸，

煤烟子摇曳着一注烟云。

这时候，我已经不再是一个

扒着你的嘴要"瞎话"的孩子，

我已经是恋赌的一员，

虽然他们夸我眼快手疾，

但我往往输得净光，恨不得老鼠洞里去挖出铜钱；

我常常作心疚的小偷，

向"老哥哥"破柜角的布袋里探手，

心想，"老哥哥"多么可怜，

心想，赢了再偷偷地给他还原，

我更忍心地拒绝了妹妹的劝告，

背着严厉的祖父，到你的小屋里

去熬一个通宵！

钱输光了，天也亮了，

带着疚心，带着失望，带着一身疲劳，两鼻孔黑烟，

偷偷溜进房子，哀告过妹妹，

把大被一蒙，双眼一关！

为了几个"头钱"，

你也陪着熬干眼，

有时候蜷在一边睡去，

醒过来一看，狗皮头上的"头钱"

已经被人借去输干。

你自己起火，自己做饭，

作兴做一顿吃他一天，

你的心巧口巧手也巧，做的饭，

那么干净，那么香甜。

冬天，一尺厚的白雪压住屋檐，

当个小小的"局头"

也赚个热炕头烙烙腔眼[1]。

每当我远远望见你的门上挂一把锁，

它锁煞了我的希望和喜欢，

呵，真的，你这间小屋

我不来就不算一天。

有一个秋天，你秘密地出了远门，

这个秘密立刻广播成一个趣闻，

人人都知道你去了南海崖，为一个女人，

个个都说，回来的时候，你再不是一条光棍。

（南海崖的女人

---

1. 佣工自解语："不图吃，不图穿，图个炕头烙腔眼。"

被困苦抛到了市场，

就像大海里的鱼

被抛到了海岸上。）

你从南海崖回来，

脸上没添一点光彩，

也没带来一个女人，

反把多年来一点辛苦钱丢在了南海崖！

从此打破了成家的奢梦，

从此，你又给爱好玩笑的人们

添了一个新的故事。

"和局"干熬油，卖酒不赚钱，

（赚了些烂账！）

接受了壮年意气的鼓动，

把门一锁，你闯了关东。

呵，关东，多么神秘的一个地方，

多么动听的一个名字！

仿佛关东的大地不是泥土，

是一块流油的膏脂；

仿佛关东的山里生长的不是石头，树木，

生长的全是金块，灵芝草和参孩子，

关东给穷困的人留最后一条路，

十年，二十年，当他们再回到自己的故乡，

漂亮的衣服，神秘的家当，

引动了多少颗心，多少张口，多少条眼光！

你，去了一年多，又回来了，

没学上一点乖，没多上一点东西，

连衣服，连言语，回来的时候

还是去的时候那个样子。

我不知道你为什么要回来，

是禁不住思念这个拒绝了你的家乡？

才一年多，你的屋顶漏着天，

后墙的缝子裂半尺宽，

每当我从它身边走过，

我的心也一样地破裂！

四机匠，五机匠，他们有过多的孩子和穷困，

虽然是骨肉，硬骨头也不许你去投奔他们，

哪里去？哪里去？

如果没有"家后"三机匠的家给你安身。

穷人的家一样到处是酸辛，

你去住，却没带上土地和金银，

你想"过继"一个侄子来"顶枝"，

可是，除了贫困，你将把什么东西

遗留给你的后人？

我常常看见你

一个人在小窗前痴坐，

有时候，对着灯光，衔一支烟袋，

烟灭了，你还在卟�，

我知道，你的心已经不在烟上。

一九二八年的秋天我流亡到沈阳，

困在你大哥王江的家里，

一个炕上睡男女八口，

一个个尽是乡里。

二十年的关东也没使他致富，

还是干着祖传的老手艺，

他的大儿子群祥，我儿时的伴侣，

却变成了流氓，混着菜行。

你当年闯关东也住在这地方，

凭一担菜担子怎样会发财？

这个环境里容不下你，

你到底走了，带着你的看不惯和正派。

我在这间小屋里像一个罪犯，

坐在炕头上，痛苦地一天挨一天！

有一天你突然来了，

我的心一跳，我清楚你来的意义，

你来了，我得再走远，

再向着寒冷冲去一千里！

当天夜里，对着饯别的酒

我们大家都流下了眼泪。

第二天，送我上车站，

你一路上不住地抗议：

"这是个什么世界，

到处都是好人遭难！"

当我回到了家乡的时候，

你已经把身子租给人家当了把头 1，

吃饭要看人家的脸色，

行动要听人家的命令，

一只鹜鹰，为了一口食，

把一个天空换一个竹笼。

---

1. 长工。

我再没有机会常常看到你，

你再也没心用"瞎话"娱乐孩子，

秋天打场，你叫四斗布袋

在肩头打个挺，然后笑着眼睛扫向大众：

"你看还不老吧？"

这，不知是自我嘲笑还是在卖弄。

多年不见了——

当中隔着一段抗日战争。

家乡破碎了，不再有：

一间完整的房子，一条活着的狗！

如果你还活着，是怎样的活着？

不会再死守着那老实、正派，

生活会教你学一个乖。

如果在集体农场里，

你可以作一个劳动英雄，

因为，你有那份能力，也有那份热情；

如果在工厂里，你可以作一个出色的工人，

因为，你有那份天才，也有那份细心；

你可以作一个小说家或是诗人，

如果教育不对你关上大门。

这是多么叫人痛心的事：

像你这样一粒种子，

埋在封建的泥土里，

开不出花也结不成实。

1944 年 12 月 16 日于重庆歌乐山大天池

给一个农家的孩子

——不知道他的岁数，就说他十三四；不知道他姓什么，就算他张王刘李——

秋天的黄昏

快要降落的时候，

刮着冷清清的风，

落着淅沥沥的雨，

你，从一个小山岗上走下来，

向着另一个小山岗迈着快步，

我多想，多想向你打一个招呼，

可是，终于默默地让你走了过去。

冬天，太阳的光芒很短，很短，

而寒冷却很长，很长，没有边际，

我看见你同你的爸爸，

（我心想他是！）

又经过我门口的山路，

他左肩上

挂一架滑竿，

你右手里

提一小口袋米，

（我心想它是！）

我多想，多想向你们打一个招呼，

可是，终于默默地让你们走了过去。

以后，我常常在碰到你们的那个时间

站在门口里，

徘徊又徘徊，徘徊又徘徊，

我感到填不满的空虚。

以后，自自然然地我们成了相识，

见了面，点点头，彼此送一个微笑作招呼，

我问你的家在哪儿，

你向着面前的一个小山岗一指，

远远的，远远的，我望见一座小茅草屋，

屋顶上，有一缕微弱的炊烟正在升起。

以后，我常常站在门口的小路上走来走去，
以后，我常常站在田坎上
朝那个小山岗望着半晌，
我，我心的深处紧紧拥抱住一个小泥火炉。

以后，我就是坐在房里，
就是睡在床上，我也会碰到你；
以后，我就是离开这里，
我也会看到一个可亲的影子；
以后，我就是走出去千里万里，
我也会看到那个小山岗，
那一缕微弱的炊烟从茅草屋顶冒出；
虽然，我并叫不出你的名字，
你也同样不知道我的。

1945 年 12 月于重庆歌乐山大天池

捉

暴烈的拳头
打在门板上!
星星震动得
要坠落,
狗子的狂吠,
要把这山村
抬起来!

死寂了一霎,
敲得更起劲了,
这回不再是用手,
声音那么沉重!

迟疑又迟疑，

门，

终于在叱咤声里

吱呦一声开了，

杂乱的脚步

踏进了当门，

又听见

到处搜索，

接着是

绳索响，

末了，微弱的反抗

像一只雀子

被捏在一只大手中。

杂沓的步子

响过小院落，

火把在我的窗纸上

恐怖地一闪，

一个老太婆凄厉的哀号

像投在黑暗大海里的一块石子，

激起来的波纹，

渐渐远，

渐渐渺茫……

1945 年 4 月 21 日于重庆歌乐山大天池

邻居

——给墙上燕

欢迎，你，
来我这堂屋里安家，
在这苦难的岁月里
我们一样是作客在天涯。

听说，你顶会选择人家，
我高兴你来和我作近邻，
这座房子可以避风雨，
我们都有一颗无害于人的心。

我给你在东墙上钉一个竹窝，
一早，我忙着给你去开门，

晚上，我留着门等候你，
像等候一个迟归的亲人。

为什么，飞来飞去
总是孤孤单单的一个？
我怕看见你的影子，
也怕听到你的歌。

暴风雨快要来的时候，
我手把住门站在屋檐下，
东边望了西边望，
觉得心焦又觉得害怕！

今天，你说我有多么快乐！
当我看到你不再是一个；
我的心永远不能安宁，
如果有一个人不能幸福地生活。

1946 年春于重庆歌乐山大天池

星星

我爱听，
人家把星
叫作星星。

夜空是另一个世界，
星星是它的子民，
谁也不排挤谁，
彼此密密地挨近。

它们是那么渺小，
渺小得没有名字，
它们用自己的光圈，
告诉自己的存在。

仰起脸来，

向着那白茫茫的银河，

一，二，三，你数，

呵，它们是那么多，那么多……

1946 年 8 月 4 日午于沪

竖立了起来

——竖立起来的不是铜像而是普希金他本人

一百一十年前的沙皇，

他的骨头

已经腐烂在

他统治过的那块土地上；

他的声名

也慢慢地黯淡了，

像一颗大星

没落在历史的黎明。

然而，当年他却是那么威风，

把天地挂在一个小指头上

叫它旋转，

举起一个巴掌来，

可以遮盖整个的天空！

你，一百一十年后的普希金，

生命更大地展开，

把精神镕铸成铜像

以世界作基地

一个又一个地竖立了起来。

你高高地站立着，

给人类的良心立一个标准，

你随着时日上升，

直升到日月一般高，

也和日月一般光明。

你站在那儿

向苦难的人群招手，

把温暖大量地抛给；

你站在那儿

向斗争的行列指示，

给他们以全力的支持！

你站在那儿

像一个讽刺，

把卑视，厌恶，憎恨，

唾向那一张一张面孔，

那些面孔是阴险，残酷，庸俗和自私。

小孩子们

在你脚底下的草地上玩耍，

仰头望着你，

叫一声"普希金伯伯"，

你微笑着要走下来，

加入他们的队伍一道去嬉戏。

走过你身旁的人们

忽然停下步子，

你，默默地在想什么？

想给他们朗诵一篇自己的诗？

你那么庄严又那么和蔼地

站在那儿，

仿佛可以听到你心的跳动，

和透露出喜怒哀乐的呼吸。

我，一个中国的寒伧诗人，

你生前遭遇过的，在我也全不稀奇，

剪刀和监狱向我张开大口，

诽笑和穷困永远跟在我后头，

我爱祖国的人民和土地

和你爱得一样深切，

可是，这也是一样的呀，

这种爱，在眼前的中国

是犯法和有罪的！

一百一十年的时间

却校正了一点：

当年，在俄罗斯，是诗人领导着人民向前走，

在中国，今天，是人民走到了诗人的头前。

1946 年 12 月 20 日于沪为《普希金文集》写

生命的零度

——前日一天风雪，昨夜八百童尸。

八百多个活生生的生命，

在报纸的"本市新闻"上

占了小小的一角篇幅。

没有姓名，

没有年龄，

没有籍贯，

连冻死的样子和地点

也没有一句描写和说明。

这样的社会新闻

在人的眼睛下一滑

就过去了，

顶多赚得几声叹息；

报纸上喜欢刊载的是：

少女被强奸，人头蜘蛛，双胎怪婴，

强盗杀人或被杀的消息。

你们的死

和你们的生一样是无声无息的。

你们这些"人"的嫩芽，

等不到春天，

饥饿和寒冷

便把生机一下子杀死。

你们是从哪里来的？

是从地主的皮鞭底下？

是从那不生产的乡村的土地里？

你们是随着父母一道来的吗？

抱着死里求生的一个希望，

投进了这个东亚第一大都市。

你们迷失在洋楼的迷魂阵里，

你们在珍馐的香气里流着口水，

嘈杂的音响淹没了你们的哀号，

这里的良心都是生锈了的。

你们的脏样子，

叫大人贵妇们望着就躲开，

你们抖颤的身子和声音

讨来的白眼和叱骂比悯怜更多；

大上海是广大的，

温暖的，

明亮的，

富有的，

而你们呢，

却被饥饿和寒冷袭击着，

败退到黑暗的角落里，

空着肚皮，响着牙齿……

一夜西北风

扬起大雪，

你们的身子

像一支一支的温度表，

一点一点地下降，

终于降到了生命的零度！

你们死了，

八百多个人像约好了的一样

抱着同样的绝望，

一齐死在一个夜里！

我知道，你们是不愿意死的，

你们也尝试着抵抗，

但从一片苍白的想象里

抓不到一个希望

做武器，

一条条赤裸裸的身子，

一颗颗赤裸裸的心，

很快地便被人间的寒冷

击倒了。

在这人吃人的社会里，

你们原是

活一时是一时的，

你们死在那里

就算那里；

我恨那些"慈善家"，

在死后，到处检收你们的尸体。

让你们的身子

在那三尺土地上

永远地停留着吧！

叫那发明暖气的科学家们

走过的时候

看一下，

拦住大亨们的小包车

让他们吐两口唾沫，

让摩登小姐们踏上去

大叫一声，

让这些尸首流血，溃烂，

把臭气掺和到

大上海的呼吸里去。

1947 年 2 月 6 日于沪

有的人

——纪念鲁迅有感

有的人活着

他已经死了；

有的人死了

他还活着。

有的人

骑在人民的头上："呵，我多伟大！"

有的人

俯下身子给人民当牛马。

有的人

把名字刻在石头上想"不朽"；

有的人

情愿作野草，等着地下的火烧。

有的人

他活着别人就不能活；

有的人

他活着为了多数人更好地活。

骑在人民头上的

人民把他摔倒；

给人民作牛马的

人民永远记住他！

把名字刻在石头上的

名字比尸首烂得更早；

只要春风吹到的地方

到处是青青的野草。

他活着别人就不能活的人，

他的下场可以看到；

他活着为了多数人更好地活着的人，

群众把他抬举得很高，很高。

1949 年 11 月 1 日于北京

胜利的箭头，射出去

胜利的箭头，射出去，

射出去，从"三八线"的弦上，

用了朝鲜人民的全力，射出去，

射出去，射得又快，又远，又稳当。

每天，打开报纸，

箭头射在了一个新的点上；

箭头射在了一个新的点上，

带着一簇簇惊喜的眼光。

胜利的箭头，射出去，

它有千军万马的声响，

侵略者应声倒下去，

人民站起来了，就在敌人倒下的地方。

胜利的箭头，射出去，
向着前方，向着南方，
胜利的箭头射出去，射出去——
射出千条万条的希望。

1950 年 7 月于北京

和平是不需要入境证的

英国工党的政府不签入境证，

拒绝了世界和平的使者们；

和平，不是入境证能够限制住的，

有烟囱的地方就需要和平。

和平像空气一样的必需，

和平是一个伟大的呼声：

枪炮，不许你们开口！

战争贩子，不许你们乱动！

英国执政的老板们，

你们不需要和平，你们要战争，

把战车开到街上去，大叫"需要志愿兵！"

可是，你们的人民扔出千万张传单，高呼着"和平！"

和平它是挡不住的，
设菲尔德听得到华沙的声音，
和平的使者们负着亿万人民的使命，
他们到处受着人民热烈的欢迎。

美国当局扣住了法斯特，
法国当局要公审戈登夫人；
特务扣不住和平，监牢关不住和平，
和平扎根在每个人心中。

斯德哥尔摩的宣言
赢得了整个世界，
除去那小小的一撮，
除去那些满身血腥的吸血虫。

杜鲁门，艾德礼，普利文，
在高山一样的十亿人民的脚下，你们是多么渺小，
你们在叫嚣，你们在发威风，

可是，就在同时，我看到了你们抖颤的身影。

1950 年 11 月 15 日于北京

高贵的头颅，昂仰着

——悼和平战士罗森堡夫妇

一双高贵的头颅，昂仰着，

昂仰着，昂仰着，

从铁窗里望出来，

望到了整个的世界。

你们爱这个世界，

爱这个世界上和平的人类，

爱得这么深，这么厉害，

任何代价抵换不了对它的信赖。

一双高贵的头颅，昂仰着，

昂仰着，昂仰着，

就是死亡的黑手

也不能把它们按下来！

对于和平的人民，

你们无比的温柔和善良；

在强暴的面前，

你们比铁打的还坚强！

一双高贵的头颅，昂仰着，

昂仰着，永远地永远地昂仰着，

虽然你们那可尊敬的生命

已经被刽子手们杀害。

一双高贵的头颅，昂仰着，

昂仰着，遥望着人类的未来，

英勇，坚决，一双不朽的战斗形象，

额上闪耀着真理的光辉。

你们惨死的消息，

像火一样，

你们惨死的事实，

把更多的人团结在共同的事业上。

全世界爱好和平的人民

昂起头来朝着你们仰望，

只有一忽儿低下去——

那是为了抑止不住的悲伤。

1953 年 6 月 22 日

后　记

　　这个集子里所选的三十几篇作品，除了《六机匠》，其余的都是短诗。开头一篇《难民》，写作时期是一九三二年，最后一篇《高贵的头颅，昂仰着》，是一九五三年的创作，前后相隔二十年挂零。这二十年，是伟大的二十年！而我所能够拿出来的却只有这么三十几篇短诗。

　　一九三三年前后，"现代派"的颓废诗风疲弱了，我的第一本诗《烙印》刚巧出版，由于现实性的内容，"这可不是混着好玩，这是生活"的正视人生的态度，加上比较朴素的表现形式，在一般读者中间发生了一些影响。以后，我一直在沿着这条道路走。

　　从这个集子里所选的作品看来，在主题和题材方面占比重最大的是写农民和乡村的。是的，这可以作为我的诗，甚至我的人的一个特点。以前，人们加给我以"农民诗人"的头衔，不是没有理由的。我从小生长在乡村、生长在农民群众中间，我酷爱乡村，我热爱农民。在《村夜》《答客问》中，多少表现了一九三四年前后北方农村的贫困和动乱；从《难民》《老哥哥》《六机匠》《三代》等诗篇里可以看出农民的生活和遭遇。我深深地同情他们，为他们的不幸而悲愤，我情愿和他们共有一个命运。对于"黑暗角落里的零零星星"——《洋车夫》《当炉女》《神女》……也是如此。

写工人的作品只有《罪恶的黑手》和《歇午工》。前者因为它表现了工人伟大的创造力量，以揭穿帝国主义借宗教麻醉中国人民为主题，发表以后，引起了读者的注意。但是这类的题材在我的作品中是比较少的。

这本集子里的作品，整个说来，暴露黑暗的多，正面歌颂的少；同情人民疾苦的多，鼓动人民斗争的少。从这里可以看出生活限制对于一个从事写作的人关系是多么重大！《天火》《不久有那么一天》，虽然是带点革命浪漫主义气味的作品，但这气味毕竟是很薄弱的。

我很喜爱中国的古典诗歌（包括旧诗和民歌），它们以极经济的字句，表现出很多的东西，朴素、铿锵，使人百读不厌。我在写诗的时候，有意地学习这种表现手法。我力求谨严，苦心地推敲、追求，希望把每一个字安放在最恰切的地方，螺丝钉似的把它扭得紧紧的。在形式方面，受了闻一多先生《死水》的一些影响，人民的口语在我的习作中也起了作用。

大太阳已经高高升起来了，这本集子里的作品不过是大太阳底下的一点爝火。它在今天出版的意义，在于记录一个人是怎样生活过来、创作过来的，今后应该怎样去生活、怎样去创作。

1953 年 9 月，北京